JUN 2003

W9-CLR-753

DISCARD

CHICAGO PUBLIC LIBRARY

CHICAGO PUBLIC LIBRARY
VODAK EAST SIDE BRANCH
3710 E. 106TH STREET
CHICAGO, IL 60617

A Pep, a Joan, a Lola.
A los que, de un modo u otro, voláis.

Dirección editorial: M.ª Jesús Gil Iglesias
Coordinación: M.ª del Carmen Díaz-Villarejo
Rotulación de cubierta: Cristina Subirats

© Del texto e ilustraciones: Tàssies, 2001
© Ediciones SM, 2001 - Joaquín Turina, 39 - 28044 Madrid
Comercializa: CESMA, SA - Aguacate, 43 - 28044 Madrid
ISBN: 84-348-7807-0
Depósito Legal: M-8229-2001
Fotomecánica: Da Vinci
Impreso en España / Printed in Spain
Imprenta: Orymu, SA - Ruiz de Alda, 1 - Pinto (Madrid)

No está permitida la reproducción total o parcial de este libro, ni su tratamiento informático, ni la transmisión de ninguna forma o por cualquier medio, ya sea electrónico, mecánico, por fotocopia, por registro u otros métodos, sin el permiso previo y por escrito de los titulares del copyright.

VOLANDO

DEL REVÉS

Tàssies

JUV/Sp PQ 6670 .A8 V64 2001
T assies, Jos e Antonio.
Volando del rev es

ediciones sm Joaquín Turina, 39 - 28044 Madrid

Vodak / East Side Branch
10542 S. Ewing Ave.
Chicago, IL 60617

El pájaro más pequeño,
calentito en su nido,
sueña que está volando,
volando del revés.

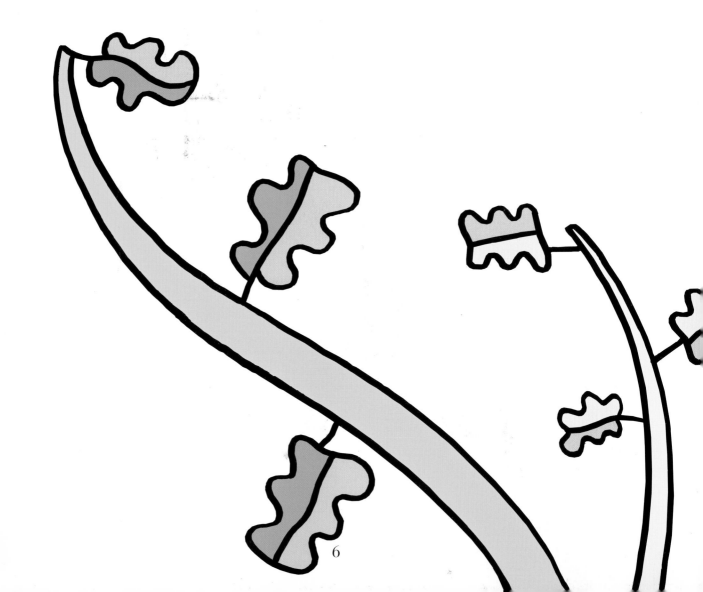

R03213 83385

Con los ojos cerrados
salta fuera del nido
y se aleja volando,
volando del revés.

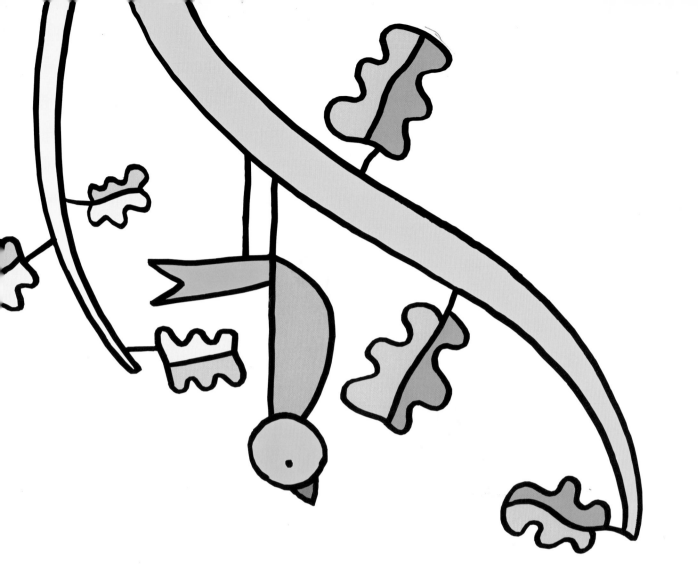

Con los ojos abiertos,
si mira hacia abajo,
solo ve las nubes
volando del revés.

Y oye cantar el río
y ve nacer la lluvia.
Ve nacer la lluvia
volando del revés.

Las montañas están arriba
y el sol calienta ahí abajo.
El sol está ahí abajo
volando del revés.

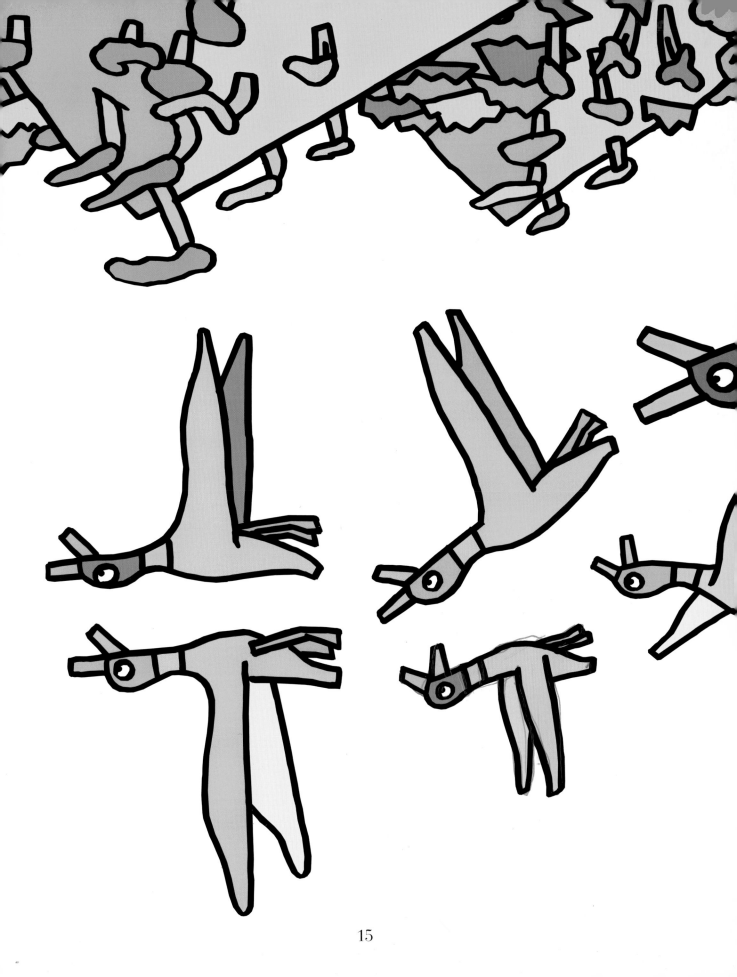

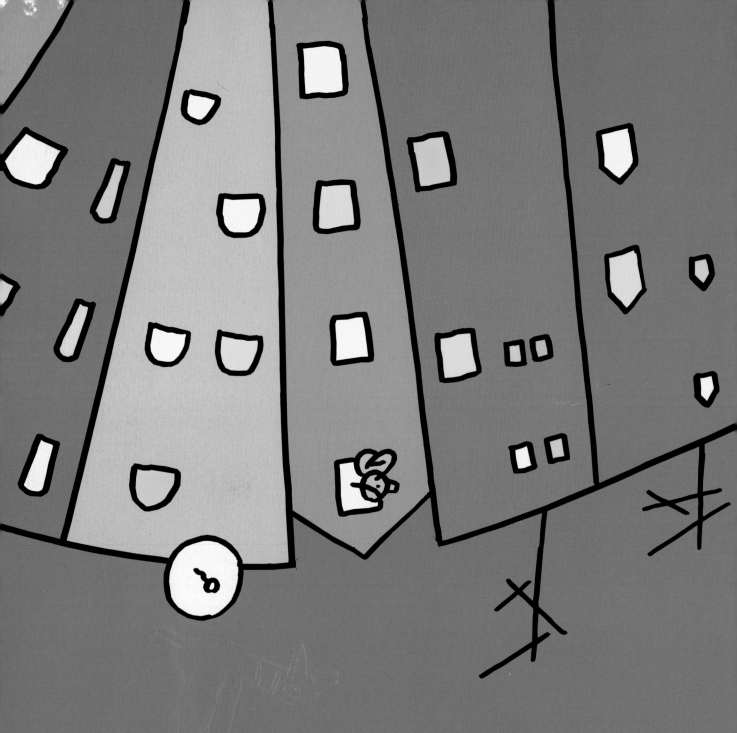

Por encima de la luna
brillan mil ventanas.
Por encima de la luna
volando del revés.

Va descendiendo el humo
bajo un gran techo de asfalto.
Va descendiendo el humo
volando del revés.

19

Las olas se están cayendo
y de su cresta los barcos.
¡Ay, que se caen las olas
volando del revés!

Los árboles se están meciendo
con las ramas en la tierra
y las raíces al viento
volando del revés.

Tira y baja, sube y coge:
los niños están jugando.
La pelota baja y sube
volando del revés.

Otro pájaro pequeño
vuela más cerca del suelo.
Se ven, se alegran y cantan:
—¿Qué tal vas por ahí arriba
volando del revés?

Y se van volando juntos
y se van volando alto.
Y se van volando bajo
volando del revés.